KB261447

가슴에 닿으면 현악기로 떠는 바다

가슴에 닿으면 현악기로 떠는 바다

고성기 시집

북하우스

한 사람
가슴에라도 닿아
꽃으로 피는 시였으면……

그 한 분께
이 시집을 바칩니다

차례

4부 | 우리를 젖게 하는 것은 비가 아니다

1부 | 섬사람 섬에 살아도

중국의 허허 벌판을 달리며 참 넓은 땅이구나
감탄했었다
조그만 섬 제주
이 섬이 결코 작지 않고 좁지 않음을 깊이 볼수록
느끼게 된다
섬사람들의 따뜻한 자궁, 그리고 무덤

파도

부서질 줄 아는 사람
외로운 섬
파도 됩니다
바다, 그 아무리 넓어도
발끝까지 어루만져
그리움
보석처럼 빛나
별로 뜨는
섬 하나
섬 둘

섬사람 섬에 살아도

산을 향해 앉으면 발아래 파도소리
바다를 향해 서면 쌓이는 산새소리
섬사람
섬에 살아도
섬 하나 묻고 삽니다

삼십 년 기다리다 섬이 되어 앉은 사람
원혼굿 파도에 씻겨 동백으로 지는 갯가
섬사람
바다 한복판
등불 들고 삽니다

내 마음의 바다

다가가 밀물이거나
돌아서 썰물일 때도

항상 그 깊이
그 높이로 노래했거늘

그대를
가슴에 넣으면
현악기로 떠는 바다

파도야 네가 언제
내 가슴을 친다 했나

모랫벌 깊이 묻은
상처까지 붉게 덧나

하루를
부둥켜안고
타악기로 우는 바다

귤밭에서

늦가을 귤밭에서
너의 독백을 듣는다

언제나 당신이 오실 때에는
등불을 켜고 기다려요
차울수록 얼굴이 붉어도
드릴 게 있어 좋아요
가진 것 다 드려도
다시 채울 그릇이 있어 이 겨울은 참아요
참은 만큼 시고
기다릴수록 달아진대요

빈 詩心
심지 돋우어
귤빛으로 태우랜다

제주 고사리

제주 땅 어디에도
4월이면 솟는 죽창

제 몸 하나 지키지 못한
고개 숙인 창끝마다

뻐꾸기
목 쉰 울음만
앉았다 그냥 떠나고

울컥 삼킨 그 부끄럼
복수하듯 톡톡 꺾는다

청·적색 가리지 않고
모두 삶아 볕에 말려

뒤틀린
잔뼈 거두면
큰 무덤, 아! 다랑쉬*

*다랑쉬: 북제주 구좌읍에 있는 오름 이름.

무인도

산이 절로 높아야
물이 멀리 흐르듯
침묵이 오랠수록
자비는 깊어지는가
파도에
제 살을 깎아
좌선하는 수도승

사람이 모여 살까
샘물 하나 없이 하고
인간의 언어 따윈
아예 모른 바닷새를
무언의
긴 설법으로
날게 하고 잠들게 하고

언어가 없는 곳에
그리움이 어찌 있으랴
바위틈 겟메꽃은
보는 이 없이 피었다 지고

고독은
타고난 죄업
인간만의 굴레인 걸

온 곳도 갈 곳도 모르는
나는 또한 무엇인가
마음밭 갈지 않아
들꽃 하나 피우지 못한
둥둥 떠
뿌리조차 없이
흘러가는 섬이네

이 넉넉한 산하여
—겨울 따라비 오름 앞에서

지금도 용암 위로
뜨거운 젖줄 흘러
파도에 갇힌 섬도
이 겨울 춥지 않다
따라비*
그대 앞에선
된바람도 녹느니

강함을 이기는 것은
결코 힘이 아니었다
바람 흘려 보내며
고집도 닳고닳아
풍만한
가슴 안에선
회오리도 쉬느니

그다지 높지 않아도
볼 만큼 보여주는
높이 올라 멀리 보는
새가 아닌 사람에게

온 종일
분수를 가르쳐
명상하는 보살이네

* 따라비:제주도의 오름 이름. '땅할아비'를 줄인 말이라고 함.

성산 일출봉

섬에서 태어나서
섬이어야 하는 운명의 고리
이제는 끊어야지
돌아보지도 말아야지
박차고 하늘로 솟는
발부리를 잡았다

그래, 섬이 아니다
웅장한 바위산이다
붙잡은 가녈은 손
차마 떨치지 못해
쌓이고 맺힌 응어리
토해내는 붉은 해

파도에 씻겨가는
전설이 차라리 곱다
참아서 패인 가슴
베풀어 다 채우고
한 가닥 미련까지 버려
절로 높은 일출봉

성산포 솟는 해는
누가 보아도 하나인데
버거운 삶 지고 오른
간절한 소망들이
하나씩 나누어 갖고
덩그라니 남은 하나

무엇이든 깊이 보면

천한 육신의 집이야 비가 샌들 어떠랴
당신 빚은 작은 그릇 금 가고 흠집만 남아
이 봄밤 곱게 핀 詩想
담아 두어도 익지 않아

깨지는 고통이 깊이 끝까지 바라보아야
밑바닥 맑게 고인 단맛을 느낀다는
매아침 한선생 말씀
그까지도 되씹으며

앵두알 물고 나는 동박샐 본다 하늘을 본다
다 주고
떨어져 썩어야
싹이 튼다
나무가 된다
설익은 詩想도 꺼내
자주 보면

손맛

詩集 같은 사람

넓은 들 잘 여문 어휘
질근질근 밟고 털어

푹 삶아
항아리 가득
꼭꼭 눌러 익혀두고

놋수저 허리 휘게 떠다
한 편 한 편 맛을 내다

여름날 오이냉국
긴 겨울 된장찌개

한 줄 한 줄 되새김해야
깊은 맛이 솟아나는

서정시
안 써도 詩集 같은
그런 사람 하나 있었으면

안 보는 詩 쓰는 이유

밤 밝혀 詩를 써도
어제처럼 시고 설다

고뇌도 한철은 익혀야
머루처럼 맛이 든데

감처럼
詩도 익혀야
아이라도 따먹지.

불러주지 않는 노래
고집처럼 오늘도 쓴다

시고 쓰고 선 것이
오히려 약 되는 법

사라악
한라구절초
누가 봐서 곱게 피나.

삼나무 숲에 서서

이모님 팔남매를
한 방에서 키우셨다

가난도 예전에는
영양가가 있었는지

나이테
무늬는 달라도
저리 곧게 자란 것을.

숲에 서면 나무가 되는
시인이 아니라도

삼나무 숲 끼고 살아
곧은 이유쯤 이제 알지

나누면
거칠어도 좋은
둘러앉은 수저 여덟 개.

겨울 은행나무

순수, 그 말까지
짐이 되어 벗어버린

알몸, 원죄 없음이
저토록 떳떳한걸

등에 진
삶도 겨운데
외투까지 껴입나

나이 들면 아이처럼
철없이 순수해져

한 그루 은행으로
겨울을 날 법한데

뿌리가
깊지 못하여
기다림도 모르나

강물이 냇물을 만나면

강물이 혼자 흐르다
작은 시내 만나면

본적 주소 묻던가
생년월일 따지던가

손 잡고
안으면 한 몸
물이 되어 흐를 뿐

강물이 혼자 흐르다
먼바다에 이르면

샘물 찾아 헤매던가
쓰다 달다 푸념턴가

짠물에
제 한 몸 풀어
바다 되어 누울 뿐

茶와 바람

찻물은 다 끓는데
외딴 집 벗도 없이

대숲에 이는 바람 모셔다 마주 앉아

보이차
흙내보다 깊은
울음소릴 듣는다

아무 때도 곧은 이는
속은 태워 비워 두고

깊은 밤 정말 혼자서 삼키는 게 울음이라고

찻잔에
짙게 녹은 말씀
삼키고 다시 맛보고

2부 | 바람 불면 도지는 고질병,
　　　　　─다시 그리움

인간의 원초적 그리움은 그 끝이 어디일까
사랑, 그 그리움은 50 넘은 나이에도 용광로처럼
타오르기도 하고, 때로는 제풀에 죽어 저절로
꺼져버리기도 한다.
그러나 나에겐 무의미한 작업일 수 없다.
어쩌면 죽을 때까지 지고 가야 할 죄업인지도 모른다.

편지

눈 푸른 가을 오후
하늘보다 시린 편지를 받다.

이제 서른이라 했다.
선생님 앞에선 아직도 열일곱이어서 수줍다 했다.
까까머리 중학생 앞에서 옛날을 생각하며 알퐁스 도데를…
스테파네트의 순수를 가르치다 눈물을 글썽인다 했다.
선생님이 목동이었음 그런 꿈도 꾸었단다.
애기 엄마 그 스테파네트는 이제 창 밖의 벚나무 잎처럼
진다고 했다.

시간을
되돌린 오늘
외려 내가 단풍이었다.

못 보낸 편지

'사랑한다'
너무 눈부셔

'보고 싶다' 했습니다

봉투에
…… 넣다
…… 보다
책상 서랍에 두었지요

시간은
그 말을 바꿔
'그리움' 이라 썼대요

사랑하는 이의 가슴엔

연인들 가슴속엔
몇 됫박 아픔 있어

그토록 앓고 나도
퍼줄 눈물 남아 있나

별이야
그리우면 뜨는 것
빈 가슴에 잠드는 것

촛불 하나 밝혀둡니다

오지 않을 사람을 위해
의자를 비워두듯

오늘은
가슴 한복판
촛불 하나
밝혀둡니다

그 사람
있다는 것만으로
이 세상 꽉 차니까요

하나는 숨겨두세요

죽도록 사랑한다면
꼭
하나는
남겨놓아요

마른 세상 횡단하여 가슴까지 타는 날에

숨겨논
맑은 샘물로
내 입술을
적셔요

오늘은 강물로 흐르겠습니다

솔밭 사이를 흐르면
솔향이 묻는답니다

억새, 그 발밑을 흐르면
질긴 삶이 다가서고

활활 타
당신 곁에선
저녁놀로 흐릅니다

산당화 고운 들판도
멈출 수 없는 것을

눈웃음 손짓에도
돌아갈 수 없는 것을

그래도
당신 곁에선
빙빙 돌고 싶습니다

원두막

긴 하루 너무 무거워 소낙비에 젖을 때
원두막으로 그 자리에 종일 서 있겠습니다
이 여름 당신 앉아 쉴 돗자리도 펴놓지요

젖은 몸 잠시 쉬다 훌훌 털고 일어설 때
나 언제 당신 붙잡고 가지 말라 하더이까
노을만
보다보다 바라보다
그저 곱다 곱다 했지

넓은 바다 저 햇덩이 삼키고 몸을 풀면
체온마저 이제 식어
이슬도 섬뜩한데
쉰 넘은
가슴팍 베고
하루가 쉰다. 하루가 쉰다

눈 오는 날엔

올 겨울엔 눈이 되어
당신 머리에 내리고 싶다

하얀 리본으로
잠시 동안 꽂이다가

눈가에
맑게 고이는
눈물이라도 되고 싶다

내가 정말 흰눈이면
긴 목덜미에 내려앉으리

천천히 녹을수록
긴 강물 가슴에 닿아

마르면
소금이 된다
씹으면 깨소금 된다

병명 모름

그리운 사람
만나지 못하면
상사병이라 한다지요

만나고 눈길 닿아도
다가서면 아니 되는
M.R.I
점 하나 없는
이 병명
무얼까요?

나비처럼

理性과 언어 따윈
아예 없는 섬이 있어

온몸으로 주기만 하는
박약아의 사랑처럼

단순화
날개 바르르
눈 꼭 감는
짝짓기

사랑에게

눈빛으로 다가와
떨리며 안길 때에는

사랑아, 숨까지 멈춰
맥박만 뛰지 않더냐

목젖을
타고 오르다
그냥 잦아진 사랑한단 말

다 타버린 자리에도
생채기는 남는 것인가

한 줌 재만도 못한
그리움을 쓸어모아

후— 불면
잉걸이 살아
낙인을 찍는 아 사랑아

당신 지우기

만남, 떨림, 기다림
하나씩 쓰는 것보다

미소 띤 표정까지,
하나씩 지우는 것은

살점에
박힌 파편들
하나씩 뽑는 작업

누가 올까

대천동 情流軒*엔
감보다 가을이 먼저 진다

올 사람 없어도 찻잔 두 개 마주하면

감 몇 개
찻잔에 내려
기다림은 맛이 떫고

* 정류헌(情流軒) : 대천동에 있는 필자의 작은 서재.

그리움만 쓰다

시를 쓰러 농장 갔다가
그리움만 안고 오면

지는 놀은 내 가슴을
불지르고 달아날 텐데

사르르
돌아눕는 침묵
퇴색된 詩語 두어 개

어찌할까, 어찌할까
올 한 해도 다 가는데

그립다 아무리 써도
닿지 않는 하늘이여

억새 숲
바람만큼이라도
사랑한 적 있던가

차 한 잔 앞에 놓고

당신 멀리 있어도
불러다 앞에 앉히고…

커피향 그보다 짙은…
고운 눈을 마주하면…

바람도
다가서지 못해
창밖에서 기다립니다

뜨거울 때 마셔야
제격인 줄 왜 모르랴

마음보다 빨리 식는
하얀 찻잔 너무 야속해

손 모아
찻잔을 들면
손끝에 떠는 체온

사랑차

  1. 재료 준비

성냄은 잘라내고 불평은 잘게 다지고
교만과 자존심은 속을 빼고 말립니다
짜증은
껍질을 벗긴 후
토막내어 절입니다

  2. 차 끓이기

씨를 잘 뺀 실망 한 컵을 주전자에 푹 끓이고
기도와 인내도 넣어 단맛 들게 달인 후에
찻잔에
미소를 띄워
믿음으로 마십니다

3. 그 후엔

차향 가득한 툇마루에 지는 해 들게 두고
대숲에 이는 바람도 잠깐 불러 모셔온 후
근심을
냇물에 띄우면
동박새가 물고 갑니다

*이 시는 존경하는 오선 스님께서 들려주신 이야기를 시조로 고쳐 쓴
것임을 밝혀둡니다.

3부 | 당신 뜰에 감나무

대천동 나의 조그만 농장에 제주도의
토종 감나무를 심고 있다
제주사람을 닮아 생명력이 강하고
추운 겨울이 지나도록 빨간 감을 매달고
있어 관상용으로도 그만이며,
어린 감은 갈옷의 소재가 되어 상품성도 있다
내 일상의 아까운 파편들…

늘 거기에 서 있는 당신은

내 안에
있는가 하면
어느새 밖에 있고

안 보는 것 같아도
조용히 지켜보는

그 자리
늘 바람으로
더위 막아
셨습니다

당신은

안개 자욱한 날에도
산을 오름은
그 모습
그 자리에 있다는 믿음입니다

바람 불어도
있어야 할 곳에
그만큼의 부피로 자리하여
나를 누르는 무게

당신은
곧 산입니다

나의 시는

내 삶은
작은 세상
자궁 속
까만 우주

눈 뜨려 빛을 향해
발길질하는
내 노래는

자전의 굴레를 벗어
탯줄을
끊어야 한다

은혼을 앞두고

만날 때 나이보다
함께 살아 더 흐른 시간

아들 딸 엄마 아빠로
밉고 곱던 우리 사랑은

언제나
그만큼의 깊이로
넘치지 않게 흐르는 강

부부

함께 살다보면
입맛마저 같아지고

얼굴까지 닮아지면
말다툼도 맛이 든다

등 돌려
돌아누워도
발끝부터 따슨 체온

옆집과 견주면은
모자라는 남편이고

왼종일 뜯어보아도
볼품없는 아내지만

동짓달
얼싸안으면
동치미가 익는다.

당신 뜰에 감나무

하늘과 땅 비와 바람
그것밖에 모르던 날
당신의 넓은 가슴 한켠에 옮겨진 후
당신만
내게로 오는
가는 길이 생겼어요

봄 갈 몇 번 지나고
하얀 꽃 두어 송이
그리다 뚝뚝 지고 새까만 몇 밤이 가도
사춘기
그 흔한 열병
이제야 알았지요

당신 손이 닿으면
겨울이 저만치 가고
한여름 넓은 그늘 누굴 위해 생겼겠어요
떠나며
돌아본 눈길
밤을 홀로 밝힌 가슴

갈 수 없어 보기만 하는
그게 나의 길이래요
대숲에 바람 가듯 가을보다 깊은 설법
까치밥
무심한 布施
마지막 당신의 뜻

낙엽 앞에서

1

오늘 떨어지는 것은
죽음이 아닙니다

눈을 살몃 뜨거나
귀를 조금만 열면

보여요
생명의 신비
살아 있음의 아름다움이

2

할 일을 다 하고 나면
은행잎처럼 고와지지

쇼팽의 환상곡 위로
추락하는 마지막 춤

소녀는
낙엽 주우며
낙엽을 생각할까

3

한 마리 작은 들새
은행잎에 앉아 있다

한 발짝 옮길 때마다
떨어지는 우주의 무게

아내는
아깝다, 아깝다!
노란 잎이 됐나 보다

나의 삶은

이 년 넘게 타고 다니는
이젠 중고 소형 화물차

정들면 하나가 되나
하는 짓도 똑같구나

비탈길
오르막에선
뒷바퀴만 빙빙 도는

화물차는 짐을 실어야
곧게 가게 만들었지

오십 훌쩍 넘어도
실을 게 하나 없어

포장된
길만 골라서
쌩쌩 달려온 나의 삶은

깊은 밤 정류헌에서

때죽나무 잎도 져버린
정류헌 삼나무 숲엔

하루를 부려놓은
새둥지 따뜻하다

설록차
김 서린 향은
경적으로 머리에 앉고

뒤엉킨 생각들을
실타래 풀어내듯

한 올 한 올 뽑아다가
추억의 집을 짓는다

유년의
한 평 뜰에는
詩心 앉을 자리도 없고

대천동에 달 뜨면

제주 송당 대천동*에선
사람도 달이 된다

모여 앉은 오름들이
밀어 나눌 깊은 저녁

부풀어
둥실 떠올라
달보다 더 고운 얼굴

대천동 천미천에선
달도 사람이 된다

바람이 먼저 흐른
깊은 계곡 숲 그늘을

찾아와
등불 밝히고
품에 안겼다 가는 사람

　*대천동 천미천 : 제주 구좌읍 송당리의 조그만 마을. 동부관광도로의 중
간 지점으로 성판악에서 발원하여 표선으로 흘러가는 길고 깊은 계곡 천미
천을 끼고 있다.

병실에서

죽을 병 아니어도
그리운 사람이 있다

통증도 잠시 멎은 깊은 밤 병실 창가에

별보다
또렷한 오십 년
한 장씩 떠오르다

고통, 그 앞에 서면
지나간 게 다 죄인가

하나같이 내 화살에 가슴 뚫린 사람들뿐

이제는
아픔까지 사랑하여
되돌려 갚는 시간

보속의 시간이라서
별이 저리 고운가

돌아눕지 못하는 건 외려 고마운 일인걸

새벽잠
심연을 뚫고
뼈마디 새살 돋는다

오십대

얼마쯤 뛰어가야
반환점 도는 걸까
정점에 서지도 못한
내리막 비탈길엔
한 발짝
옮기기도 힘든
그림자만 길어지고

거두기 힘들어도
많이 뿌리는 욕심 앞에
야윈 콩 서너 방울로
하루를 가득 채운
까투리
살진 울음만
이랑 가득 내려 앉고

온 몸을 다 털어도
알곡 한줌 없는 삶인걸
오십대 들녘에는
쭉정이만 쌓였는가

그것이
삶의 옷임을
벗어야 할 미련임을

반 잔의 술을 위하여

한 병 더 부르기엔
안주가 모자라고

벗이여, 채우지 못한
빈 잔이 너무 넓다

세상은
어쩌면 꼭 반 잔
남거나 모자라거나

그래, 우리 사랑도
넘치게 따라야 한다

그래도 마지막엔
반 잔이 왜 남을까

삶이란
반 잔의 미련
두고 갈 수 없는 이유

꿈을 꾸는 나무

꿈을 꾸는 나무는
하늘을 날 수 있다

가지 끝 곱게 달린
은빛보다 고운 잎을

버리면
날개가 되어
당신에게 갈 수 있다

동창회의 밤

매일 만나 좋은 사람
십 년 넘어 만나는구나
이제는 이름도 잊어 반백이 다 된 얼굴
손 잡고
소줏잔 권하면
세월은 안주로 씹고

세상사 술보다 써
삼키기 힘들구나
가슴에 상처난 놈들 끼리끼리 모여 앉아
성공도
또한 실패도
술잔 속에 녹아들고

아들 자랑 아내 자랑
팔불출이라 하면서도
오십 넘은 중턱에서 술안주가 있어야지
손주놈
새봄에 본다며
허허 웃고, 가슴은 비고

이제는 노래하자
신나게 춤도 추자
남행열차 흥겨움도 어느덧 비 내리면
창밖에
싸라기 녹듯
젊음은 지는 것인가

항아리
—장선생에게 항아리를 받고

뜨거운 불에 구운
빛깔 고운 작은 항아리

곁에 두게 하신 뜻을
숙제하듯 풀다 보니

귀한 것
작고 빛나듯
"보석 같은 시 채우세요!"

농사 연습 2

아내랑 하루 종일
철쭉 삽목 힘에 겹다

꽃 피어도 돈이 아니니
어찌 농사라 할까마는

땡볕에
텃밭 가꾸는
어머니 마음 알고 싶다

이 땅에서 나고 자라
이 땅 나물 먹었으면

죽어 묻힐 이 땅 위해
땀 흘려야 도리라며

"나 살앙
오몽허여지는디
눙이시민 죄지신다"*
* 나 살아 움직여지는데 편히 누워 있으면 죄짓는다.

이만오천원

체온 위 빨간 수은주
선풍기도 시든 교실

흑판에
"이만오천원"
또렷이 크게 썼다

짜증 밴 눈망울 위로 언뜻 스치는 바람 한 점

독 오른 콩밭 이랑
뙤약볕에 휘어진 허리

"온 종일
이만오천원
우리 어머니 일당이란다"

한증막 교실 한복판 적셔 흐르는 소나기

보내기 힘든 가을

게으른 농사꾼은
가을이 부끄럽다

쭉정이만 가득 쌓인
저무는 글밭에서

흩어진
몇 줄 시구를
주웠다 놓고, 주웠다 놓고

나이 든 가을일수록
그냥 보내기 힘들다

거두어 돌아올수록
빈손으로 멀리 가 있는

그 작은 은행잎 하나도
불러들이는 섭리 앞에

가지치기

우리 집 나무들은 모두 다 키가 작다
지난 여름 웃자란 가지
뒤꿈치 들고 자르지만
언제나
내 키보다 작아
머리만 큰 나무들

누구의 눈높이로 가위질해야 할까
교단에 서서 봐도
나보다 훌쩍 자란
눈 맑은
이 아이들을
내 키만큼 자르고 있다

올농사

버린 감자 그루에는
무엇을 심을까요

양파 썩은 땅을 엎어
무슨 씨 뿌릴까요

비료값
농약값 빼고
남는 게 있을까요

융자금 심으면은
이자만 자랄 텐데

버려두면
들찔레도
칡뿌리도 굵겠지요

외상값
씹느니보다
칡뿌리가 달겠지요

겨울, 때죽나무 앞에 서면

나 벗은 게 아니에요
추운 것도 아니고요

앙상한 겨울 가지 당신은 뼈 같지요?

이봐요
난 나무라고요
사람 취급 제발 말아요

오늘 아침 남은 한 잎
그마저 떨어진 것은

날 세운 바람 때문은 더더욱 아니었어요

내게도
버티기 힘든
삶은 너무 무거웠어요

사람들은 겨우 철들어
버리는 연습한대며?

그것도 똑똑한 사람 그나마 연습으로

버릴 게
없이 살아야
버림받지 않는 거래요

4부 | 우리를 젖게 하는 것은 비가 아니다

우리를 젖게 하는 것은 비가 아니라
이웃이 없는 것입니다
벽을 쌓고 사는 불신입니다
여의도의 잡초를 뽑고 싶습니다

숲에서 귀를 열면

숲에서 하늘을 보며
가만히 귀를 열면

새 나무 바람 햇빛이
우리들 애길 해요

"사람들 참 이상해요. 왜 숨어서만 사랑을 하지?"

우리의 삶은

반환점도 없는 코스
앞으로만 달립니다.

멈칫 돌아보면 과일나무의 향긋한 그늘과 휘감아 흐르는
푸른 시내가 손짓합니다. 지금까지 몰랐지만 지나간 것은 다
아름다운가 봅니다. 하지만 안 본 곳이 더욱 그리워 다시 뜁
니다.

더러는
결승선에서
넘어지기도 하는 인생

걸레

열다섯 살 하얀 타올
얼굴만 닦았어요

누런 때 묻을 때쯤
당신 발에 밟혔지요

방 닦다
길바닥에 누워
말라붙은 나는 작부

잡초를 뽑으며

1

오늘도 잔디밭에 앉아
질긴 풀을 뽑는다

괭이밥, 질경이, 클로버, 피막이처럼 잎 넓은 놈에서부터
쑥, 무릇, 칡덩굴같이 뿌리 깊은 놈까지
사정없이 뽑는다 모가지라도 비튼다
잔디밭엔 꼭 잔디 닮은 놈이 둥지를 틀고
보리밭엔 꼭 보리 같은 놈이 뿌릴 뻗는다
눈 코 입 귀 반듯한 잡초들
이목구비 반듯한 아들딸을 낳는다
잔디를 꼭 닮은, 어쩌면 잔디보다 더 고운 들풀들

어쩐다
아, 정신없이
금잔디를 뽑고 있네

2

잔디가 꽃밭에 가면
장미라도 잔디밭에 나면

버림받은 풀이 된다. 잊혀진 여인이 된다

명예는
빛 바랜 왕관
설 자리 찾지 못한

우리를 젖게 하는 것은 비가 아니다

우리를 적시는 것은
쏟아진 빗물이 아닙니다
우리 가슴을 적시어
바르르 떨게 하는 것은
차가운
바람 때문은
더더욱 아닙니다

가장 무서운 것이 '사람'이라는 이 세상에
'사람'으로 태어난 것이
부끄럽다 못해 슬퍼지고
술잔에
잠긴 가슴이
젖어 떠는 까닭입니다

무서운 사람과
무서워하는 사람들
벽을 쌓고 함께 사는
닫힌 세상 여는 열쇠
젖은 몸

감싸면 따뜻하다는
차원 낮은 깊은 진리

전신주

또 뇌물, 정오 뉴스
십자가만 늘어간다

포승줄에 굴비 엮듯 고문하는 곧은 길가

예수는
도망가고 없다
문 밖에 선 가롯 유다

해 지면 포승도 풀려
형틀도 사라진 자리

뒤엉킨 불빛 아래 도시는 눈을 뜨고

예수는
異蹟의 설법
하루살인 귀를 열고

나체 감상법

한파 몰아칠수록
옷벗는 사람이 많다

여성상위 시대라더니
남자들 옷을 벗기고 있다

배불고
흉터 많은 놈
사정사정하여 벗기고 있다

다리 길고 날씬한 놈은
옷 입힌 채 보고 있다

휘어진 등 보일까봐
앉혀놓고 보고 있다

달라진
나체 감상법
영자, 순자가 즐기고 있다

거미

삼십 년 친구 전사운
시 한 편을 보내왔다

저 음침한 골짜기에 덫을 쳐놓고／한줄 실바람을 안고 춤
춘다／안개비가 주렁주렁 구슬을 꿰어놓고／긴 기다림으로
사냥은 시작된다／／오가는 길목마다 어살을 쳐놓아／팽팽히
살아 있는 저승줄에／바람 같은 목숨은 감겨든다／오라 그것
이 기다림의 대가인가／／헤어날 수 없는 족쇄에 채워져／서
서히 잘려지고 먹히운다／바람개비 돌듯 날개는 빙글 돌고／
머리는 잘려져 출렁거린다／／모든 것이 다 죽어도 신경은 살
아남아／낮밤을 죽은 듯 살은 듯／입안에 독기를 가득 품고／
혼자 집을 짓고 혼자 머물고 혼자 먹어치운다

독거미
외로운 자화상으로
서울 어디에 그물 칠까

연대 보증

술병 들고 찾아온 정
안주삼아 찍은 인감

덧날까 묻어두고
유물처럼 잊었는데

집달리
빨간 딱지로
종기 되어 솟는다.

믿는 죄값 그 형벌은
연좌제로 곪는 걸까

막내까지 화들짝 놀라
터지는 불신의 늪

빨간 불
건널까 말까
교차로에 선 병신

시험 감독

찌는 듯한 모래밭에서
사금을 찾고 있다

순도가 얼마인지 검증 안 된 문제들이

설익은
정답을 품고
문제아를 만들고 있다

살가운 녀석들의
반듯한 이마에다

낙인을 찍고 있다. 수우미양가, 가양미우수

한 점 차
뒤바뀔 운명
역모를 꿈꾸고 있다

충혈된 눈망울이
외려 나를 감독한다

시린 등뼈 마디마디 가시처럼 솟는 죄업

피라밋
무너진 폐광
답지들을 줍고 있다

다층, 1999

  1. 특권층

잔디는 잔디끼리
한 이불 덮고 잔다
쭉 뻗은 가랑이 찢고 둥지 튼 금창초를
뻐꾸기
알 낳다 말고
시침떼고 종일 웬다

  2. 중산층

허술한 술집이라야
한 잔 술도 성에 찬다
납작 엎드려 살아 손닿지 않는 하늘
월급날
딱 하루 넘치는
등뼈 휜 너 제주 乾川

3. 서민층

우리 땅 우리 나라
우린 우리 속에 있다?

　하루살인 하루도 긴데 노동판은 이판사판 개판이다. 등 따
슨 놈 주가 올랐다 야단이고 일판에선 술값 올랐다 법석이
다. 옷로비 장마 정국 비가 온다 비 비 비(흔들고) 도랑에선
내터지고 가슴팍엔 속터지고 하수구론 뭐 터진다. 더운 여름
밍크코트 사타구니 땀차는데 점심값 몇 십만원. 급식비는?
급식비는 또 비로구나. DJ JP TJ YS PK TK 서민은 SM인가.
비 비 비(흔들고) 일거리도 없는데 개나 잡자 개나 잡자 누
렁이 똥개나 잡자.

　장마비
　우산 없이도
　독 올라 퍼런 질경이

면회
―논산 연무대에서

계백의 고함소리
핏빛마저 가신 벌판
불타는 젊음의 대가 낮은 포복으로 갚는가
아들아
어디를 겨눠
총검술을 익히느냐

충성! 구호소리
왜 미덥지 않으랴만
나는 군주가 아니다 나약한 아비일 뿐이다
아내는 삼겹살 사이
눈물까지 굽고 있다

젊음이 거세당해
규격화된 상품들이
어디로 팔려갈지 불안을 감추는데
조교들 호루라기 소리
화들짝 일어선 아내

동족의 칼 끝에 숨진

계백의 역사 윤회
황산벌 바로 이 곳 사격술을 익히고 있다
아들아
이 젖은 산하
누굴 막아 지키려느냐

이 빗돌 세운 뜻은
— 百祖一孫* 영령을 추모하며

송악산 앞 바다는 어제처럼 푸릅니다.
산방산 끝에 닿을 절규하던 그 울음이
오늘은 메아리 되어 뼛속까지 스밉니다.

오순도순 모여 앉아 식은 밥 나눠 먹던
가난한 이웃들을 돌아보며 끌려가던
그 날도 하늘은 온통 오늘처럼 타더이다.

6. 25 포성에 놀라 잠들지 못한 밤에
견우와 직녀가 만나 맺힌 정을 풀던 밤에
어쩌면 바로 칠석날 긴 이별이 되더이다.

우리들 가슴에 박힌 총알을 누가 빼랴
해마다 칠월이면 아물 듯 도지는 상처
역사도 막힌 것 뚫어야 제자리로 흐릅니다.

죄 지은 자 하나 없고 죄 없는 자만 묻혀
백 서른둘, 뼈가 엉켜 한 자손이 되옵니다.
이 설움 시대를 탓하며 옷소매를 적십니다.

억울한 죽음에는 꽃이 핀다 하더이다.
빨간 전설로 피어 새가 운다 하더이다.
석류꽃 가슴에 피어 붉게 타게 하소서.

진실을 빗돌에 새겨 참 역사를 세웁니다.
향 피워 두 손 모아 술잔 가득 따르오니
다 잊고 이 땅을 안아 고이 편히 쉬소서.

*1993. 7. 7(음) 백조일손 영령 위령비의 추모시. 제주도 남제주군 상모
리에 위치함. 이곳에는 1950년 예비 검속으로 희생된 유해 132위를 모시고
있다.

오, 월드컵

빗소리가 들리세요
여름이 앓고 있어요

유월이 가지 말라고
칠월보다 뜨겁다고

꼬레아
열광의 포옹
장마비가 식히네요

지구보다 더 큰 축구공
들어올린 붉은 악마

천사와 빨갱이가
동침하던 환희 앞에

여의도
그 섬도 깨어
파도치라! 짜쟈쟈 잔짜!

비밀번호

1

어릴 적엔 초가집 문들
허술하게 잠가놓고
길쭉한 열쇠꾸러미 장독 뒤에 숨겼는데
도둑이
없었던 걸까
훔쳐갈 게 없었던 걸까

2

잠그지 않으면
열 필요 없는 세상
농협 창고 큰 자물쇠 입만 벌린 어린 시절
남 몰래
쌓을 게 많아야
큰 열쇠를 만들 텐데

3

비밀이 없다 해도
비밀번호는 요구하는
거절하면 일언지하 회원도 될 수 없는
숨길 것
많은 사람끼리
가려가며 사는 세상

4

열려는 사람도 없는
든 것 없는 깡통이라도
비밀번호 생기고 나니 내 몸이 신비롭다
보리밥
한 공기 먹고
헛배 부른 촌놈처럼

5

이름도 숨겨야 하고
차량번호도 감추면서
값싼 살덩이 덜렁 숨김없이 드러내는
이 세상
비밀번호를
조물주는 아실까

6

땀을 뻘뻘 흘리며
금고를 열고 있다
우로 세 번 돌리고 69
좌로 두 번 돌려 96
반대로
한 번 더 돌려
10에 맞춰야 열리는 문

7

비밀번호 몰라도
몸뚱이가 열리고 있다

돈 먹으면 활짝 피는 인체의 신비로움

은장도
박물관에 가고
피임약만 있는 거리

8

비밀번호가 나인지
내가 비밀번호인지

490909-1933123이 성기인지
성기가 490909-1933123인지

내가 날
열지 못하니
누가 날 열어줄까

5부 | 들꽃의 독백

들꽃과 대화를 나누는 것은 즐겁다
나의 스승 아닌 게 없다
사람이 꽃보다 아름답다는 노래를
꽃이 들으면 뭐라 할까

4월, 제주 들꽃은

4월이면 제주 들꽃은
피다 말고 활활 탄다

눈 얼어 날 세운 계곡 복수 복수 복수초 자지러지면
괭이밥 돌나물 피나물 먹어도 배고픈 애기똥풀 기지개켜고
미나리아재비 솜방망이 치며 노란 그리움 씹다 뱉으면
못생긴 고사리 고개 들지 못해 발만 동동 구르고
조개나물 금란초 얼레지 개망초 흐드러진 자리
앵초 앵초 설앵초 새빨간 아우성 저녁놀로 탄다

화산토
붉은 살에 심지 박고
혼불로 운다 혼불 되어 탄다

들꽃의 독백

나도 가문이 있어요
야생화 또는 들꽃

나와 함께 사는 사람
농부들만 잡초래요

보랏빛
간드러지게 피어도
호박꽃만 못하대요

철모른 도시인들
이름짓기 좋아하지

물매화
미나리아재비
달맞이꽃 제비꽃

이럴 땐 튤립 같은 귀족
장미향이 안 부럽다

근사미로 뿌리까지
온 가족이 불붙는 날

잡놈 족보의 잡초라는
연좌제가 서러워서

야생화
신분상승의 꿈
품에 안고 울었다

제비꽃

눈서리도 밟지 못한
오랑캐 오랑캐꽃

봄이 오는 잔기침에도
몰래 일어 화장하곤

먼발치
들길에 앉아
종일 가슴 죄는 꽃

내 아무리 단장해도
끈질긴 들풀이라고

화분에 곱게 앉아
눈길 한 번 못 받지만

못 닿을
하늘 기다려
눈썹까지 파래진 꽃

초롱꽃

언제 당신 오시려나
새벽까지 불 밝힙니다

구름으로 오실까봐
바람으로 누웠더니

이슬만
가슴에 두고
낮 붉히라 하십니다

먼발치 떨어뜨린
희미해진 체취에도

귓불을 타고 내려
바르르 떠는 정염

차라리
꽃잎을 열어
벌이라도 받겠습니다

돌매화 같은 사람

겨울에도 제 체온으로
수줍게 꽃 피운 사람

기다림이란
온실 속에 자란
더 없는 사치라고

뿌리만
굵게 키워온
어머니, 아 어머니

노란 들꽃

이 산하 노란 들꽃
봄마다 몸살이다

잡것이 근접 못하는
꽃술까지 노란 위엄

한겨울
이긴 영혼은
순백보다 고운 걸까

감꽃

누이야!
숨어 있어도
고운 얼굴 보인단다

아무리 감추어도
하얀 속살 보인단다

젖꼭지
그 아래 숨긴
뽀얀 열매도 보인단다

한 사람 사랑하는 일
그 또한 고행이거늘

누이야
한 철을 삭혀
빨갛게 익은 육질

부서져

까만 씨 됨을
다 썩어야 어른 됨을

봉숭아 씨 놓으며

1

비 갠 뒤
봉숭아 꽃씨
한 줄 넣고 한 줄 놓고

건드리면 터질지언정
변명 따윈 않겠노라고

이제야
당신 맘 알고
말없음표 찍습니다

2

일 년을
참았어요
아직도 모자라나요

이제 네 몸을 풀면
피와 살이 터지겠지만

그 떨림
아우성으로 필
기다림을 묻습니다

나팔꽃

나 이제 아침이어도
깨우지 않겠어요

당신 침실 창가에선
웃지도 않을래요

밤 깊게
기다린 당신
깨우느니 시들래요

꽃과 전설

글자 없는 시대라야
사랑도 꽃이 된다

빨간 봉오리 터지기 전
전설이 앞서 피어

향 짙은
핏빛 사연은
뿌리 내려 다시 솟고

다큐멘터리 재방송까지
그도 감동 없는 세상

지천으로 피고 지는
들꽃 사연 한둘이야

밟혀도
묻히지 못하여
시인 가슴에 잠드는가

산수국을 보며

장마비 종일 진 유월
후미진 오솔길에
끼리끼리 지천으로
푸르디푸른 보랏빛 꽃
柿田*은 가고 없는데
널 기다려 종일 섰나

무더기로 피어 천한 것이면
육십억 넘은 사람일 뿐
파란 하늘 담았는데
별빛까지 넣으려는가
욕심은
사람을 닮아
자지러지게 피는 꽃

* 시전(柿田) : 故 감밭 김공천 선생님.
　　　　선생님은 유독 산수국을 좋아하셨다.

빨간 장미가 내게 말하길

긴 겨울 보내려면 입술이 다 마르지
가지를 뚝뚝 자르는
아픔까지 겪고 나야
그윽함
빨갛게 핌을
사람들은 모릅니다

숲길에 쥐오줌풀
이슬 받은 꽃망울도
다가서 기다리면 빨간 꽃을 피웁니다
깊은 향
그 짙은 맛을
사랑해야 느낍니다

믿으며 기다리며
조용히 지켜보면
이 땅의 작은 들꽃
모두 다 장미랍니다
사람도
사랑 받으면 장미보다 고운
들꽃

매화의 독백

꽁꽁 언 내 손발을
바람이 녹이더군요

봄비는 미친 듯이
젖꼭지를 적셨어요

못 참고
터트린 희열
그렇게 꽃이 핀대요

갑자기 키가 컸대요
하늘은 그저 푸른데

야윈 젖줄을 빨아
뿌리만 굵어지는데

지구는
제자리만 돌고
매실은 살만 찌나요?

6부 | 요가 2년, 초보자의 노래

허리 아파 기다시피 하며 찾은 요가원…
이제 겨우 곧게 섰는데 벌써 시라니?
나의 작은 기쁨이니 부끄러워도 노래할밖에,
다만 한선생님과, 함께 수련하는 도반께
누가 되지나 않았으면…

요가(Yoga), 조화와 균형

  1. 준비

누가 더러운 그릇에
향기로운 음식을 담을까

어느 누가 깨진 술잔에
포도주를 따를까

내 영혼
담을 육신도
정갈하게 닦아야지

  2. 말씀

오십 넘어 굳은 육신
비튼다고 풀어지며

술 담배로 삭은 몸이
편다고 늘어날까만

아픔엔
단맛도 있다는
성경 같은 선생님 말씀

　3. 출발

신새벽 잠을 깨어
의식을 깨우러 간다

술 마시고 고기 씹어
뼛속 깊이 쌓인 업보

육신을
대패질하듯
등 펴기로 닦아내고

4. 본질

조화와 균형으로
영혼이 바로 서듯

전굴 후굴
좌로 틀면
오른쪽으로도 비틀어서

꼿꼿이
이 세상 보게
허리부터 바로 세우고

5. 뒤집기

바로 서서 바라본 세상
물구나무 서 바라보라

맨 앞에 서 있다가도

돌아서면 꼴찌인 법

차크라
이 작은 육신
지구를 들고 섰네

6. 명상

어찌 움직임만 있으랴
멈추기도 해야 하지

가부좌 틀고 앉아
가만히 눈 감으면

작은 몸
청산이 되니
물소린가 새소린가

7. 행법

물고기 헤엄쳐도
건너지 못하는 속세

메뚜기와 강아지
코브라까지 서방정토로

자갈밭
험한 세상은
쟁기자세로 갈아엎고

* 물고기 : matsyasana
　메뚜기 : salabhasana
　강아지 : adho mukha svanasana
　코브라 : bhujangasana
　쟁기자세 : halasana

8. 비우기

허리를 바로 세우기
참 어려운 세상이지만

욕심 1그램 버리면
마린 1킬로그램 가벼워져

고개를
치켜든 하늘
눈시리게 푸른데

9. 고통 보기

호흡을 바라보라
의식을 바라보라

뼈마디 스미는 고통
그것까지 바라보라

그리곤
잊어버려라
기억도 결국 누더기일 뿐

　10. 고행

눈 감으면 뜨고 싶고
앉으면 서고 싶지

명상도 고행인걸
발끝부터 저려오고

번뇌의
심해 건너면
고추잠자리 되는 것을

11. 비교

크고 작은 불행들이
비교에서 오는 것임을

알면서도 누르지 못해
꿈틀대는 욕심 앞에

능력껏!
비교 마세요!
삼사년은 해야 돼요.

12. 眞我

진아란 무엇인가
어디에 있는 것인가

볼 수도 들을 수도
냄새로도 맡을 수 없는

알려는
욕심까지 벗어야
드러나는 알몸일까

　13. 수련

육신을 단련함도
수백 가지 단계인데

하물며 마음 닦음은
그 끝이 어디일까

몸과 맘
수련하는 길
검은 띠가 어디 있으랴

14. 유혹

가끔은 고통스러워
그만 두고 싶다가도

지은 죄 얼마나 크며
전생의 業 오죽 깊은가

이 고통
발동동굴러
보속되어지이다

15. 진리

석가의 설산 고행도
예수의 광야 시험도

인간의 마지막 한계
정점에 바로 섬이니

손 들면
하늘에 닿는 진리
믿고 안 믿은 작은 차이

　16. 참자유

깨끗한 육신의 그릇
정갈한 영혼을 담아

그러면 끝이라는
그 생각도 속박이니

이마저
넘어야 참자유
그것까지 벗어버려야

17. 뒤풀이

아난다 김원장님*이
선물로 주신 고정차처럼

우릴수록 맛이 드는
짙어서 깊은 사람들

수련 후
뒤풀이가 더 좋아
情談은 익고, 차는 식고

*아난다 김원장님 : 진주 '아난다 요가원'의 김옥단 원장님.

7부 | 제주민요풀이

어느 지방 민요인들 애절하지 않으랴만
바람을 이기고 척박한 땅을 일군 제주선인들의 애환은 특별함이 있다.
그런 환경 속에서도 풍자와 해학을 잃지 않는 여유가 나를 사로잡았다.
이 민요는 4음보 율격이어서 전통적인 우리 가락 시조와는
호흡이 맞아 시조의 중장으로 처리해 보았다.
평생작업으로 생각하고 쓰고 있으며,
이번에는 한 부분만 싣고 후에 단행본으로 엮을 예정이다.
제주민요는 제주민속박물관 진성기 관장님이 채록한 것을 인용했고,
제주대학교 강영봉 교수님이 현대문으로 옮겨주셨다.

시집살이 1

시집살이 오죽 설우면
이런 노래 불렀을까

저 꿩이나 잡아시민 저 꿩이나 잡으면
두들기는 늘개기랑 두들기는 날개는
씨어멍이나 멕여시민 시어머님이나 먹였으면
흘긋흘긋 브래는 눈이랑 흘긋흘긋 바라보는 눈이랑
씨아방이나 멕여시민 시아버님이나 먹였으면
매콥 닮은 주둥이랑 매발톱 같은 주둥이는
씨누이나 멕여시민 시누이나 먹였으면
걷곡걷는 정갱이랑 걷고걷는 정강이랑
서방이나 멕여시민 서방이나 먹였으면
석곡석는 가심슬랑 썩고썩는 가슴살랑
내가 먹어시민 내가 먹었으면

눈 감고
귀 막아 삼 년
그믐달로 뜬 女心

시집살이 2

죽지도 살지도 못해
가슴팍에 새긴 사연

씨집 삶이 좋안디 궂언디   시집 삶이 좋았든 궂었든
대죽낭게 외지둥에   수수깡에 외기둥에
거적문에 낭돌처귀에   거적문에 나무돌쩌귀에
밸 보는 막사리예   별 보이는 초가집에
앙작쟁이 정글래예   엄살꾸러기 맷돌에
벌적하는 놀래예   배정적하는 노래에
둘음 듯는 족박에   달음질치는 쪽박에
중돌은 솟에   중돌은 솥에
들세 웃인 서방님에   염치 없는 서방님에
들창 큰 씨아방에   먹성 큰 시아버님에
암특 닮은 씨어멍에   암탉 같은 시어머님에
불등판 닮은 씨아지방에   불 같은 시아주버니에
노일저대 닮은 씨누이에   마귀(원래는 변소 지키는 신) 같은 시누이에
죽젠하난 청춘이고   죽자 하니 청춘이고
살젠하난 고생이여   살자 하니 고생이여

삼켜도

샘솟는 노래
자갈밭에 묻는다.

시집살이 3

몸 하나 덜렁 갖고
귀양가듯 시집갔지

씨아방은 구젱기 넋이여 시아버님은 소라 넋이여
나를 보민 세 들깍 흔다 나를 보면 혀 낼름한다
씨어멍은 암춤복 넋이여 시어머님은 암전복 넋이여
나를 보민 즈그뭇 흔다 나를 보면 새침한다
씨누인 코생이 넋이여 시누인 용치놀레기 넋이여
나를 보민 호로록 흔다 나를 보면 화들짝한다
서방님은 물꾸럭 넋이여 서방님은 문어 넋이여
나를 보민 언주와 안나 나를 보면 보듬어 안는다

사랑도
마음 편해야
단맛이 드는 거지

시집살이 4

가깝고도 먼 친정길
꿈길에도 갈 수 없어

씨집데레 가노렌 흐건   시집으로 가려거든
어욱밧으로 질이나 나라   억새밭으로 길이나 나라
손을 비영 되돌아 오게.   손을 베여 되돌아 오게
어멍 신 디 날 가렌 흐민   어머님께 날 가라고 하면
왕대 족대 엇베인 그를로   왕대 이대 엇벤 그루로
신을 벗엉 새 눌듯 혼다.   신을 벗어서 새 날듯 한다

노래로
다녀온 친정
주름살 깊은 아! 어머니.

시집살이 5

막다른 골목에선
쥐도 고양일 문다

씨어멍 연반물 치맬   시어머님 연남빛 치마를
벗어주언 입은 배 웃고   벗어주어 입은 바 없고
씨아방 쉰대잣 머릴   시아버님 쉰대어자 머리를
비여주언 예진 배 웃다   잘라주어 얹은 바 없다
올라사멍 조호령 말라   올라서면서 호령 말라
ᄂ려사멍 들을 년 웃다   내려서며 들을 년 없다

깎아도
밤새면 다시
퍼렇게 날 선 손톱

시집살이 6

벙어리 삼 년 지나니
절로 할 말이 많다

고비 고비 어느 말 고비   고비 고비 어느 말 고비
나 말 아니 든 고비 셔냐   내 말 아니 든 고비 있더냐
간장 아니 석은 말 셔냐   간장 아니 썩은 말 있더냐
간장 석듯 슬 석엄시민   간장 썩듯 살 썩고 있으면
얼굴 신 상 시리야마는   얼굴 본 모습 있으랴마는
산댕하나 몬 산댕하나   산다고 하나 못 산다고 하나
붉은 양지 지미나 보라   붉은 낯 기미나 보라

거울 앞
보기 싫은 얼굴
돌아서면 더 보기 싫은 서방

시집살이 7

늙는게 서러우면
젊은게 미운 걸까

앞집 낭게 앚앙 우녀는 가마귀 앞집 나무에 앉아 우니는 까마귀는
누겔 가렌 울엄시니? 누굴 가라고 울고 있느냐?
엊그제 온 우리 메누리나 드랑가라 엊그제 온 우리 며느리나 데려가라
씨어멍아 그게 진정 춤말이거든 시어머님아 그게 진정 참말이거든
옛메누리 츠례로 가라 옛 며느리 차례로 가라

한백년
보듬고 살아도
이슬보다 짧은 삶

시집살이 8

정 없는 서방이야
원수보다 못한 거지

나 간장에 불 숨는 놈아 내 간장에 불 때는 놈아
불유월낭 죽을 빙 들건 더운 유월 나서 죽을 병 들거든
문을 중강 정 걸어불라 문을 잠가 정(정나무) 걸어라
메인 쇠발 도놀 듯ᄒ게 묶인 소발 맴돌 듯하게

돌아서
퍼붓는 노래
가슴팍을 적시는 비

시집살이 9

몸고생 아무리 큰들
뼛속까지 멍이 들까

물랑 지건 산짓물 지곡   물을 지려면 산짓물 지고
낭이랑 지건 돔박낭 지라   나무를 지려면 동백나무 지라
나 인생은 굴거리 인생   내 인생은 굴거리나무 인생
바깟드론 넙은 섭 늘려   겉으로는 넓은 잎 날리고
쏙엔 들언 피글라서라   속에 들면 피멍이 들었더라

맘고생
저리 골 깊어
가슴살에 피 괼까

시집살이 10

꾸역꾸역 토해내는
꽃보다 붉은 울음

저 산으로 일어난 불은   저 산으로 일어난 불은
산직이나 끼와나 준다   산지기가 꺼나 준다
바당으로 일어난 절은   바다로 일어난 물결은
여울로나 줍지라진다   여로 재워나 준다
내 가심에 일어난 불은   내 가슴에 일어난 불은
어느 누게 끼와나 주리   어느 누가 꺼 주리

씹으면
씹을수록 커
목구멍을 막는 삶

思母曲 1

시집과 친정 사이
그 얼마나 멀었으면

나 놀래야 산 넘엉 가라　내 노래야 산 넘어 가라
나 놀래야 물 넘엉 가라　내 노래야 물 넘어 가라
산을 넘곡 물 넘엉 가민　산을 넘고 물 넘어 가면
어멍 얼굴 보리연마는　어머님 얼굴 볼 수 있으련만
아니 가난 그리멍 산다　아니 가니 그리며 산다

어머니!
부르면 콱 막히는
당신은 눈물입니다

思母曲 2

어머니 날 울렸나요
제가 어머닐 울렸나요

설룬 어멍 날 낳아 두엉   서러운 어머님 날 낳아 두고
어딜 앚안 나 눈물 지왕   어디에 앉아 나 눈물 지게 해
절 절마다 절 돌아와도   철 철마다 철 돌아와도
나 부몬 아니 돌아오더라   내 부모 아니 돌아오더라
유월 물이 그리뎅 흔들   유월 물이 그립다 한들
나 부모만이사 그리우랴   내 부모만이야 그리우랴

낳은 죄
그 業이 깊어
삶의 강을 못 건너나요

思母曲 3

어머님 가셨어도
어머니 다시 있어

설룬 어멍 묻은 밭디   서러운 어머님 묻은 밭에
반지ᄂ물 좋아라만정   파드득나물 좋을망정
눈물 제완 못 캐더라   눈물겨워 못 캐더라
다심어멍 묻은 밭디   의붓어머니 묻은 밭에
과세ᄂ물 좋아라만정   과세나물(나물의 일종) 좋을망정
과닥 제완 못 캐더라   가댁질겨워 못 캐더라

죽어도
나란히 눕지 못하는
아, 이승의 죄값이여

思母曲 4

새신에 새옷 입으면
종일 놀아도 해가 짧은데

어멍 살안 옷 반반 입곡　어머님 살아 옷 반반 입고
아방 살안 신 반반 신곡　아버님 살아 신 반반 신고
어멍 아방 다 살은 애긴　어머님 아버님 다 산 아기
옷도 반반 신도 반반　옷도 반반 신도 반반
나 어멍은 어디 가싱고　내 어머님은 어디 가 계신고
얽고지나 나 어멍 시민　얽을망정 내 어머님 계셨으면

무명 옷
굵은 실땀에
바람 어찌 잘 들던지

思母曲 5

눈 뜨면 밭에 나가
해 져도 허기진 삶

어멍 신 디 감이엥 ᄒ건 어머님 계신 곳 간다고 하거든
석둘 열흘 장마나 지라 석 달 열흘 장마나 지라
ᄒ둘랑근 옷 ᄒ영 입지곡 한 달은 옷 해 입히고
ᄒ둘랑근 니 잡아 주곡 한 달은 이 잡아 드리고
ᄒ둘랑근 설룬 말 ᄒ곡 한 달은 서러운 말 하고
열흘랑근 가곡 오곡 열흘랑 가며 오며

목마른
산비둘기만
저리 섧게 우는가

思母曲 6

어머니, 당신 계신 곳
그 얼마나 먼 곳입니까

저싱데레 가는 이 시민   저승으로 가는 사람 있으면
말을 기밸 ㅎ리연마는   말 기별하련만
무신 말을 기밸일러니   무슨 말을 기별하냐면
만간중에 나 부모 보건   만에 하나 내 부모 보이거든
느 애기랑 울어렝 ㅎ라   네 아기는 울더라 하라
삼두ㅅ두 거리에 앚앙   삼거리 사거리에 앉아
어멍 어멍 울어렝 ㅎ라   어머님 어머님 울더라 하라

내 소식
행여 닿거든
동박새로 다시 오소서

思母曲 7

빗소리도 그리우면
어머니 발자국 소리

집이 반추 싱그도 말라 집에 파초 심지 말라
반추섶에 비 짓는 소리 파초잎에 비 지는 소리
웃인 부모 발어름 소리 없는 부모 발자국 소리
귀에 쟁쟁 열리엄서라 귀에 쟁쟁 들리더라

오늘은
빗방울로 와
마음까지 적시소서

思母曲 8

둥글고도 넉넉함이
보름달을 닮았을까

돌아 돌아 대보름 돌아   달아 달아 대보름 달아
높지 들렁 청멩케 트라   높이 돋아 청명하게 뜨라
저 궁 속에 나 부모 싰져   저 궁 속에 내 부모 있지
진 디 보멍 여울로 오게   진 데 보면 여로 오게

달 지는
서녘으로 가
기다리면 만나질까

思母曲 9

풋나물 절여 두면
그리움처럼 맛이 든다

모살 방풍 신 짐치 담앙   모래 방풍 신 김치 담가
웃인 부모 생각을 ᄒᆞ난   없는 부모 생각하니
목이 담젼 몬 먹엄서라   목이 메어 못 먹더라
어는제랑 부모가 오민   어느 때 부모가 오면
이 짐치도 먹어라 볼코   이 김치도 먹어나 볼까

맛들다
시어버린 기다림
소금이 된 눈물이여

思母曲 10

넋이 있다면, 굳이
눈물로 오십니까

7랑비도 나 부모 넋이여 가랑비도 내 부모 넋이여
홀군 비도 나 부모 넋이여 장대비도 내 부모 넋이여
문게 산 산 지드렴서라 문에 기대어 기다리고 있더니
웃인 부모 발어름 소리 없는 부모 발자국 소리
귀에 쟁쟁 열리엄서라 귀에 쟁쟁 들리더라

이제는
꽃으로 피어
석류알이 되소서

섬과 고독, 도지는 고질병 다시 그리움

신승행

(시인 · 평론가 · 제주산업정보대학 교수)

1. 머리말

시인 고성기의 섬[島]은 소유도 대가도 바라지 않는다. 오직 바다가 있기 때문에 애정과 그리움으로 존재가치를 지니게 한다. 그러나 그것들은 외로운 것처럼 고독한 것처럼 보이지만 그의 정체는 사랑이라는 보이지 않는 작은 서정으로 한결같은 것이다. 조율된 선율로 마음속에 살아 움직이고 있다는 사실이다. 어쩌면, 시문을 잘 짓는 사백(詞伯)들이 잠시 걸었던 귤빛 시심에 불과할 수도 있을 것이다. 그러나 섬과 고독은 그렇게 단순한 정서일 수가 없다는 논리다.

시인 고성기의 첫 시집 『섬을 떠나야 섬이 보입니다』라는 시제가 떠오른다. 시인은 섬을 가리켜 마음의 고향 곧 유토피아적인 문학 세계로 점지하고 있으면서 더 나아가 형이상학적인 낮은 음계의 현악합주 속성으로 받아들이고 있는 것이 특징이다. 이와 같은 현상은 그의 정형시「섬사람 섬에 살아도」에서 각 종장에 처리된 형상화의 기법들을 통해서 그러한 예를 맛보게 될 것이다.

A) 섬사람/섬에 살아도/섬 하나 묻고 삽니다
　　(또 다른 섬―유토피아의 정서)

B) 섬사람/바다 한복판/등불 들고 삽니다
　　(마음의 등불―이미지의 정서)

이 작품은, 3장 6구의 기본적인 정형을 바탕으로 두 수로 구성된 전형적인 현대시조 종장 부분들이지만, 첫 수 초·중장에서 형상화된 파도소리와 산새소리를 통해서 정서의 유영을 표출시켰는가 하면, 둘째 수 초·중장에서는 원혼굿 속에 피고 지는 갯가의 동백으로 삼십 년 세월을 노래하고 있다. 외롭고 안타깝게 숨을 죽이고 서 있는 고독의 실체를 발견케 하는 대목이다. 각 수 종장 A)와 B)에서 내딛는 섬과 고독에 대한 정서와 존재의 가치는 여기서 그 의미를 지니게 한다. 어쨌든 섬과 고독 그 자체는 단순한 그리움이나 외로움의 정서가 아니고 사랑의 속성을 전제로 하는 다변적 내심의 소리들로 꽉 차 있는 것이다.
필자는 이러한 상황들을 두번째 시집『가슴에 닿으면 현악기로 떠는 바다』를 접하면서 그 소리들을 듣고자 한다.

2. 섬, 고독, 버릴 수 없는 연가

　시인 고성기는 섬과 고독을 내심의 동화처럼 데생하면서 이미지화시켜 나아간다. 그리고 마음속 사랑의 연가로 모티브화시키는 데 성공한 작가다. 그리고 그의 작품에는 바다라는 시적 공간을 많이 설정하고 있는데 그것은 결국 섬의 실체를 입증케 하자는 이원성의 기법으로 이해하고자 한다.

　바다는 바로 이미지의 세계다. 바다는 생명의 원천이면서 또한 알 수 없는 깊은 형상화 세계인 것이다. 벤야민(Walter Benjamin)이 말하는 예술의 원천적 기능을 함께 구유하고 있는 그러한 세계가 될 것이다. 가시적이면서도 비가시적인 리듬과 침잠, 적막까지도 포용하고 있다는 신비주의적 원리로도 접근되고 있는 대상이 바로 바다인 것이다.

　결국 섬은 바다가 있기 때문에 존재가치를 지닌다. 그리움의 이정표이면서 삶의 버팀목인 것이다. 고독은 외로움이나 소외됨 아니면 인생의 뒤안길 그러한 심리적 정신적 실상들이 아니라 바로 사랑 그 자체로 내면을 꾸미고 있기 때문에 고독이라는 어사는 여기서 진가를 발하고 있다. 사랑이 전제되지 않고서는 고독이란 어사는 존재할 수 없는 것이다.

　그의 작품 「파도」를 통해서 접근해 본다.

　부서질 줄 아는 사람
　외로운 섬
　파도 됩니다

바다, 그 아무리 넓어도
발끝까지 어루만져
그리움
보석처럼 빛나
별로 뜨는
섬 하나
섬 둘

　이 작품은 자유시의 정서를 갖춘 현대시조이다. 섬의 정체는 역시 인간 내심의 소리로 형상화된 파도소리로 존재하고 있다. 때문에 섬은 생명을 지니고 있다. 섬과 파도와의 관계는 버릴 수 없는 숙명적인 관계로 이미지화되었을 것이다. 그렇다. 숙명은 뒤에서 날아오는 화살이요, 운명은 앞에서 날아오는 화살이라 했던가. 우리들 인간은 이 두 개의 화살 사이에서 언제나 방황하고 있다. 또한 삶과 죽음을 헤아리면서 많은 갈등과 고통까지 체험한다. 섬과 또 하나의 섬(나) 사이에 놓인 그리움 역시 숱한 시련과 인고의 세월을 거쳤기 때문에 보석의 빛으로 개현(開現)되어 결국 불변의 원리인 별〔星〕로 승화되어 나타난다.
　그리움은 곧 사랑이 전제되어 있고 섬은 또한 고독을 만들어놓고 말았다. 과거는 괴롭지만 추억은 아름다운 것이라 했던가. 실로 제한된 음수를 통해서 외로운 섬 하나가 이렇게 고독과 별이 되어 또 하나의 섬으로 형상화된 것이다.

다가가 밀물이거나
돌아서 썰물일 때도

항상 그 깊이
그 높이로 노래했거늘

그대를
가슴에 넣으면
현악기로 떠는 바다

파도야 네가 언제
내 가슴을 친다 했나

모랫벌 깊이 묻은
상처까지 붉게 덧나

하루를
부둥켜안고
타악기로 우는 바다

—「내 마음의 바다」 전문

　첫 연에서는 순리의 상징적 존재로 등장시킨 밀물과 썰물
의 리듬을 통해서 바다는 아스라하게 떨고 있는 바다로 의인

화시켰음이 특이하다. 마치 심포니의 선율 앞에서 유연하게 춤을 추는 발레를 접한 것 같은 느낌마저 외면할 수 없는 것이다.

그런데 둘째 연은 그렇지 않다. "파도야 네가 언제 내 가슴을 친다 했나" 아주 절박한 심회가 괴로움과 고통으로 나타나 바다는 결국 우는 타악기로 면모를 바꾸고 있다. 어떻게 보면 형이상학적인 이론과 실제의 상황적 정서를 조화시키는 기법으로 볼 수 있다. 시는 순수성의 확대 즉 서정과 현실을 상반된 시각으로 조화시켜 시도할 수도 있고 또한 그것을 소리와 색채, 부재와 환치의 개념을 통하여 주목을 끌 수도 있다.

다음은, 「무인도」라는 연시조 각 종장에 나타난 형상화의 시상들을 통하여 '자아(自我)'의 성찰시점을 감상차원에서 접근할 필요가 있다.

A) 파도에/제 살을 깎아/좌선하는 수도승

　　　　　　　—좌선(坐禪) 선도(禪道)의 길

B) 무언의/긴 설법으로/날게 하고 잠들게 하고

　　　　　　　—무아(無我) 침묵의 길

C) 고독은/타고난 죄업/인간만의 굴레인 걸

　　　　　　　—업보(業報) 성찰의 길

D) 둥둥 떠/뿌리조차 없이/흘러가는 섬이네

　　　　　　　—윤회(輪回) 섭리의 길

시인이 의도하는 절실한 고향은 어디란 말인가. 잠시 바람 따라 구름 따라 나그네가 된 기분으로 무인도를 찾아 본 것이다. 좌선을 통해서 얻은 선도의 길이란 도대체 어떤 길이란 말인가? 침묵을 통해서 터득한 무아의 경지란 도대체 어떠한 곳인가? 인간만의 굴레인 그 많은 업보들은 성찰을 통해서 과연 고해가 된다는 말인가? 작가는 이러한 고민 속에서 상당한 고통을 체험한 흔적이 여실히 포착되는 작품이다. 누가 찾아주지 않는 무인도 곧 작가 자신은 마치 인생론적인 짧은 에세이에 잠시 머물고자 하는 나그네의 존재가 되기도 하지만 그렇다고 그냥 단순한 여행자로 생각하기에도 미안스러울 정도다. 그래서 현실을 중시하면서도 불교적 관점에 입각하여 형상화된 시상으로 이해하고자 한다.

이러한 형태의 시는 「오늘은 강물로 흐르겠습니다」라는 작품에서도 찾아 볼 수 있었다.

솔밭 사이를 흐르면
솔향이 묻는답니다

억새, 그 발밑을 흐르면
질긴 삶이 다가서고

활활 타
당신 곁에선
저녁놀로 흐릅니다

물의 상상력은, 인간이 직접 물과의 접촉을 통해서 또한 그렇게 함으로써 물의 근원적인 이해 내지는 또 다른 세계로 형상화되는 것을 발견할 수 있다. 이것은 단절이나 한숨 그리고 안타까움으로도 나타나기도 하고 아니면 고독한 상태의 범 자연적 나르시스와 같은 이미지의 세계로 승화될 수도 있다. 강물은 인간의 삶과 죽음을 가늠하는 선(線)의 개념이나 세월이나 시간으로도 표출된다. 때문에 눈물이나 갈등 구조 속에서 우리들 마음을 항상 지배하는 카론 콤플렉스(Chalon complex) 이론 역시 존재하는 것이다. 인연이라는 질긴 끈을 놓고 그대로 점지되고 있는 것은 바로 "저녁놀" 그것이다. 문학에 있어서 '노을'이 지니는 이미지의 속성은 노을은 결국 '짧다'라고 하는 데 의미부여를 많이 할 것이다. 마찬가지로 억새와 솔향 사이에서 형상화된 '저녁 노을'과 같은 존재, 그것은 한 폭의 그림 속으로 빠져들고 말 그러한 존재일 따름이다. 그 의미가 깊고 다변적 공간인 것이다.

프랑스의 상징주의 시인 말라르메(Stéphane Mallarmé)의 단 한 줄로 된 단편적인 시를 연상시킨다.

"잠자고 있는 물 속에서 세계가 휴식한다"

이 작품은, 물을 통한 일상적인 범주이거나 아니면 그를 떠난 고도의 상상력의 세계를 의식할 수 있도록 돕고 있는 작품의 한 예가 될 것이다.

3. 시는 고향 같은 사랑

　시는 짧은 글이다. 시는 언어를 통해서 일상의 탈출을 시도하려는 데 통일성을 지닌다. 그렇기 때문에 갈고 다듬는 정성이 필요한 것이리라. 여문 어휘들의 넓은 공간인 문학적 이미지 세계로 탄생되도록 노력해야 한다. 여기에는 알게 모르게 흐르는 숨길과 체온이 살아 움직인다. 이것이 바로 예술적 여운이요 문학적 생명이 되는 것이다.

　　넓은 들 잘 여문 어휘
　　질근질근 밟고 털어

　　푹 삶아
　　항아리 가득
　　꼭꼭 눌러 익혀두고

　　놋수저 허리 휘게 떠다
　　한 편 한 편 맛을 내다
―「詩集 같은 사람」 중에서

　중장에서 처리된 시적 분위기는 초장에서부터 이어지고 있지만, 종장인 주제 연은 풍요로움과 환희까지 포함된 분위기를 주고 있다. 그러나 한 편의 작품으로 완성되는 순간은 엄숙함과 정성 됨됨이 있어 마치 혼돈과 카오스의 어두운 밤에서 새롭게 탈출한 환원된 공간이 되는 상징적 원의(原義)를 지니게 하고 있다.

그래서 시심은 독백을 이겨내고 겨울을 참으면서 마음의 여유를 다스리고 있는 것이다. 또한 넉넉한 산하 역시 따라비 오름 앞에서 된바람도 녹게 만들고 회오리바람도 쉽게 만드는 여유를 명상으로 표출시키고 있지 않는가. 또한 섬에서 태어난 운명의 고리들을 일출을 통하여 해갈시키고 있는 것이다. 어찌 그뿐이랴. 파도에 씻겨가는 작은 전설들까지도 버리지 못하고 있다. 제주는 이렇게 시집(詩集) 같은 고향으로 마음을 달래면서 줄곧 많은 전설을 만들고 있는 것이다.

그래서 이모님의 따스한 정을 설정하여 팔 남매의 사랑을 만들었고 또한 수저 여덟 개의 시적 공간을 서정적으로 노래하였던 것이다. 이것이 바로 지금의 구좌읍 지경의 대천동, 별장 아닌 별장인 것이다. 이모님은 그렇게 외진 곳인데도 마다하지 않고 금잔디 풀을 고르면서 삼나무 숲을 지키고 있지 않는가. 팔 남매를 키운 정은 삼나무 시심으로도 잘 나타난다.

나누면
거칠어도 좋은
둘러앉은 수저 여덟 개.

—「삼나무 숲에 서서」 중에서

시는 작가의 내면적 혼이 살아 있는 정서가 필요한 것이

다. 혼과 내면적인 정서들이 시심의 세계로 조화를 이루지
못한다면 그 작품은 독자들로 하여금 큰 감화를 얻지 못할
것이다. 가장 순수한 영혼으로 서정적 시어들을 통하여 끊임
없이 흘러가는 것이 시인 것이다.

> 팽이밥, 질경이, 클로버, 피막이처럼 잎 넓은 놈에서부터
> 쑥, 무릇, 칡덩굴같이 뿌리 깊은 놈까지
> 사정없이 뽑는다 모가지라도 비튼다
> (중략)
>
> 잔디가 꽃밭에 가면
> 장미라도 잔디밭에 나면
>
> 버림받은 풀이 된다. 잊혀진 여인이 된다
> (중략)
>
> ─「잡초를 뽑으며」 중에서

이와 같은 시적 소재들은 아주 단순하면서도 그저 감각적
실체로만 보일 수도 있겠지만 그러나 시인은 자연이라는 공
간에 혼을 접근시켜 상징적 이미지로 형상화시킨다. 여기서
서정적 정체성은 그 빛을 발하게 된다.

시는 이렇게 시고 설다. 상당한 시련과 고통을 거쳐야만
하나의 완성된 생명으로 탄생되는 것이다. "밤 밝혀 시를 써
도/어제처럼 시고 설다//고뇌도 한철은 익혀야/머루처럼

맛이 든데//감처럼/시도 익혀야/아이라도 따먹지."(「안 보는
詩 쓰는 이유」) 비록 큰 유산은 아닐지라도 문학은 일련의 동
심처럼 순수하게 보이면서도 야무진 "머루"와 "감"을 완성시
킨다. 그래서 "사라악/한라구절초/누가 봐서 곱게 피나." 이
렇게 고향에 대한 향수로 메말라가는 정서를 달래주고 있는
것이다.

4. 도지는 고질병 다시 그리움

　시인 고성기는 2부 자서(自序)에서 다음과 같이 말하고 있
다.

　"인간의 원초적 그리움은 그 끝이 어디일까. 사랑, 그 그리
움은 50 넘은 나이에도 용광로처럼 타오르기도 하고, 때로는
제풀에 죽어 저절로 꺼져버리기도 한다. 그러나 나에겐 무의
미한 작업일 수 없다. 어쩌면 죽을 때까지 지고 가야 할 죄업
인지도 모른다."

　사랑과 애정을 모토로 하는 어쩔 수 없는 그리움, 그것은
그의 문학적인 애정과 기교적인 사랑의 시어들인 것이다. 지
극히 소박하고 진솔한 고백인 것이다. 주목할 것은 인간애인
것이다. 투명한 시적 논리 속에 새롭게 태어나는 그리움은
다름 아닌 인간애 속에서 자라는 사랑 그 자체인 것이다.

　그렇다면 사랑이란 정체는 도대체 어떤 것일까. 사랑은 아
름다우면서도 환상적인 것이다. 사랑은 행복과 불행 사이를

유영하면서 많은 갈등과 대립적 관계를 조장하는 그런 존재
인 것이다. 때문에 고통과 슬픔, 분노와 한숨들을 짊어지고
아스라하게 비행하는 덧없는 논리가 사랑일 수가 있다. 교육
도 사랑, 종교도 사랑, 철학까지 그 본영은 사랑이라 하는 것
은 무슨 까닭일까. 문학 역시 사랑이 아닐 수 없는 것이다.
문학에 있어서 형상화되는 그리움이나 고독, 눈물이나 한숨
저주 그 어떤 마음의 응어리까지도 이러한 사랑 때문에 나타
나고 있다. 바로 이것이 사랑의 실체인 것이다.

　인간은 미완성의 존재로 태어난다. 때문에 인간은 완성에
접근코자 하여 찾고 헤매면서 쓰린 고통을 체험하였던 것이
다. 그래서 찾은 것은 사랑이 담긴 못 보낸 편지일 것이다.

　'사랑한다'
　너무 눈부셔

　'보고 싶다' 했습니다

　봉투에
　…… 넣다
　…… 보다
　책상 서랍에 두었지요

　시간은
　그 말을 바꿔

‘그리움’ 이라 썼대요

—「못 보낸 편지」 전문

시인 고성기는 일반적으로 문장기호 사용을 절제하거나 거부하는 작가다. 대부분의 작품에서 이러한 예를 많이 발견되고 있는데 그러나 유독 이 작품에서는 그것이 아니다. "못 보낸 편지"에 대한 아쉬움이 지금도 마음을 아프게 하는 것이다. "사랑한다", "보고 싶다" 이러한 "그리움"들을 싣고 봉투라는 공간으로 끌어들여 결국 "……넣다", "……보다" 망설이는 이러한 시적 기교가 부담 없이 흐르고 있는 것이다. 결국 못 보낸 편지는 긴 시간이 흘러갔어도 그대로 책상 서랍 즉 ‘마음’에 묻어놓고 세월만 보고 있다는 안타까움과 순수함이 돋보이는 작품이다.

이러한 시정은 「사랑하는 이의 가슴엔」에서도 잘 나타나고 있다. 도해한다면,

연인들 가슴속엔

아픔
 +   ………………………… (연상 작용)
눈물

빈 가슴에 잠드는 것

연인들의 "가슴속" + "아픔" + "눈물" 이러한 연상 작용

을 통하여 "별"이 된 고독과 빈 가슴에 잠드는 그러한 사랑
이 존재하고 있을 뿐이다. 그리우면 뜨는 것은 결국 연인들
의 사랑인 것이다. 그리고 작가는 '하나'에 대한 시적 기교를
많이 도입하고 있다.「하나는 숨겨두세요」에서의 "하나",「원
두막」에서는 "하루"로,「병명 모름」에서는 "점 하나"로,「사
랑에게」에 "한 줌 재",「당신 지우기」에서는 "하나씩"으로,
「차 한 잔 앞에 놓고」에서는 "한 잔" …… 이렇게 '당신'과
'하나'라는 수(數)의 개념 속에서 공감각적 이미지 세계를
지향하려는 시도가 참신하게 보인다. 예컨대, 외로움이라든가
뒤안길 같은 의미로 시를 썼다면 여기에는 분명 마음속에서
그리는 '당신'과 오직 하나만을 위한 이미지 내지는 '고독'
이라는 이미지 세계가 자연스럽게 연상되었을 것이다. 이는
이미지의 시적 기교라 말할 수 있는 것이다.

5. 대천동에 달 뜨면 당신은

작품「늘 거기에 서 있는 당신은」에서 "당신"은 도대체 어
떤 대상이란 말인가. 전문을 통해서 그 실체를 찾아보기로
한다.

　　내 안에 있는가 하면 어느새 밖에 있고
　　안 보는 것 같아도 조용히 지켜보는
　　그 자리 늘 바람으로 더위 막아 섰습니다

초장에서 제시된 "안"과 "밖"의 표리관계는 마치 서로 상반된 공간이나 수미관계로 착각할 수도 있다. 그러나 그것은 보이지 않는 '마음' 그 자체인 것이다. 안 보는 것 같아도 조용히 지켜보는 자는 도대체 누구일까. 그것은 바로 감나무 뜰에 그늘로 언제나 나를 지켜주고 있는 '사랑'인 것이다. 그러나 종장에서 처리된 "늘 바람으로"에서 "바람"이 지니고 있는 시적 뉘앙스는 어쩌면 그늘에 상반되는 강(強)의 개념으로 그 이미지는 불안의 요소로 직감할 수도 있을 것이다. 그늘이 지니는 시적 이미지로 변화를 시도했으면 하는 욕심도 있지만 어쨌든 아내에 대한 사랑, 당신에 대한 존재 가치는 극치를 달린다.

이러한 시상은 「당신은」이라는 작품에서도 이어지고 있다.

안개 자욱한 날에도
산을 오름은
그 모습
그 자리에 있다는 믿음입니다

바람이 불어도
있어야 할 곳에
그만큼의 부피로 자리하여
나를 누르는 무게

당신은
곧 산입니다

　다 갚질 못할 당신에 대한 사랑을 "무게"와 "산"에 대비시
켜 비유하고 있다. 안개와 산이라는 시적 공간에 믿음으로
서 있는 당신의 모습이 얼마나 떳떳한 것인가. 설사 바람이
분다 해도 얼마만큼의 무게가 있기 때문에 그 또한 든든한
것이다. 설사 홍수가 진다 해도 높은 산이 있기 때문에 그 또
한 걱정 없는 것이다. 이렇게 부부애는 결혼 25주년을 맞이
하면서 더욱 빛을 발하고 있다. 「은혼을 앞두고」를 참고로 도
해 접근한다면,

흐른 시간

+

아들 딸 엄마 아빠로
밉고 곱던 우리 사랑은

+

넘치지 않게 흐르는 강

　"흐른 시간"과 "흐르는 강"과의 부연관계 사이에는, 엄마
아빠의 모습은 당연하고 아들과 딸들에 대한 사랑 역시 대단
한 것이다. 마치 오래된 음반처럼 낯설지 않고 조용한 물 무
늬를 연상시키고 있다. 넘치지 않는 아주 작은 소망으로 강
물에 띄워보내고 있는 것이다.

　이러한 시상은 결국 「부부」라는 작품에서 더욱 아름답게 피어오른다. 이 작품은 일상적인 제재로 구성되어 있지만 그러나 작품의 깊이로 봐서 되려 해설 그 자체가 걱정스러운 것이다. 옥에 티가 될 것 같아 그래서 제각각 감상으로 대신하려는 것이다.

　　함께 살다보면
　　입맛마저 같아지고

　　얼굴까지 닮아지면
　　말다툼도 맛이 든다

　　등 돌려
　　돌아누워도
　　발끝부터 따슨 체온

　　옆집과 견주면은
　　모자라는 남편이고

　　왼종일 뜯어보아도
　　볼품없는 아내지만

　　동짓달

얼싸안으면
동치미가 익는다.

　시인 고성기의 이와 같은 시심은 숲과 잡초 곧 자연에서도
찾아보려는 흔적이 보인다.

　숲에서 하늘을 보며 가만히 귀를 열면　(정중동 시상)
　새 나무 바람 햇빛이 우리들 애길 해요　(동화적 정서)
　"사람들 참 이상해요. 왜 숨어서만 사랑을 하지?"　(회의적
동경)

　　　　　　　　　　　　　　　　　　—「숲에서 귀를 열면」 전문

　숲을 통하여 순수성을 회복하고 다시 인간사를 회의적 시
각에서 탈출시키려는 의도가 여실히 나타난다. 또는 순수를
통하여 동심의 세계를 찾고자 하는 것이다. 돌아가고자 한다.
　특히 이 작품에 나타난 "귀"는 어쩌면 애니미즘의 정령으
로 형상화되었지만 이것을 통하여 세속적 스침과 종교적 만
남의 정서를 조율하려는 것이다. 그래서 시인은 「우리의 삶
은」이라는 작품을 통하여 어쩔 수 없는 운명적 삶의 모습들
을 조명하고 있다.

　반환점도 없는 코스
　앞으로만 달립니다.

더러는
결승선에서
넘어지기도 하는 인생

　그리고 작품 「잡초를 뽑으며」에서는 작가의 내면 세계가 중요한 시점으로 대두된다. 시는 영혼의 가장 '내면적인 것'들이 집합체가 될 것이다. 하다못해 '민초'들의 삶의 공간을 "잡초"라는 시점으로 형상화시킨다든가, 아니면 자연과 내면의 혼을 시심 기법으로 변화를 시도할 수도 있다. 작품은 이러한 서정적 순간을 위하여 끊임없이 노력하는 것이다.
　"괭이밥, 질경이, 클로버, 피막이처럼 잎 넓은 놈에서부터/쑥, 무릇, 칡덩굴같이 뿌리 깊은 놈까지/사정없이 뽑는다 모가지라도 비튼다 (……) 어쩐다/아, 정신없이/금잔디를 뽑고 있네/(……)잔디(……)장미라도 (……) 버림받은 풀이 된다. 잊혀진 여인이 된다."
　이와 같은 시적 소재들은 아주 단순하면서도 감각적인 실체로 접근할 수도 있겠지만 그러나 여기에는 눈에 보이지 않은 심상들이 상징적 이미지로 형상화되어 개성과 감화를 함께 하고 있는 것이다.

6. 맺음말

　시인 고성기가 상재(上梓)한 시집 『가슴에 닿으면 현악기로 떠는 바다』는 〈들꽃의 독백〉(5부) 〈요가 2년, 초보자의 노래〉(6부) 〈제주민요풀이〉(7부)까지 포함시켜서 상당한 작품들이 섬과 고독이 지니는 그리움 속에서 하모니를 이루고 있다.

한결같은 것은, 섬을 통하여 사랑이나 애정을 포용하고 있다는 사실이다. 섬과 고독이라는 가시적인 섬의 실체를 설정하여 고독이라는 비가시적 내심의 소리들을 조화 있게 형상화시키는 데 성공한 작품들이 그것이다. 더욱 중요한 것은 바다라는 공간을 설정하여 섬의 가치와 정체성을 입증케 하였고 이로 인한 삶의 철학까지 접할 수 있도록 하는 여유를 던져주고 있다. 또한 시인이 찾고자 했던 절실한 고향이 되기도 하였다.

바람 따라 구름 따라 잠시 쉬고자 하여 찾은 섬 나그네의 심회가 현악기의 선율로 형상화되어 나타난 것이다. 문학은 이렇게 사랑을 모토로 하는 그러한 감화가 절실한 것이다.

섬에서 태어난 운명의 고리들, 혼돈과 같은 상징적인 어두운 밤에서 새롭게 탈출한 환원된 공간, 그러한 상상력의 세계가 더욱 신성하게 느껴지는 것이다. 바닷물에 씻겨 구르기만 하는 한 알의 모래알 속에도 삼천 세계가 있다 하지 않았는가. 더한 문운을 기대해 본다.

가슴에 닿으면 현악기로 떠는 바다
ⓒ 고성기 2002

초판인쇄 | 2002년 10월 1일
초판발행 | 2002년 10월 10일

지 은 이 | 고성기
펴 낸 이 | 김정순
펴 낸 곳 | (주)북하우스
출판등록 | 1997년 9월 23일 제1-2228호

주   소 | 110-795 서울시 종로구 운니동 98-78 가든타워빌딩 802호
전자메일 | editor@bookhouse.co.kr
홈페이지 | www.bookhouse.co.kr
전화번호 | 741-4145~7
팩   스 | 741-4149

ISBN 89-5605-025-2 02810

* 이 책은 제주도 문예진흥기금에서 제작비 일부를 지원받았습니다.